7 NOTAS SURDAS

Taiana Machado

PALLAS

EDITORAS
Cristina Fernandes Warth
Mariana Warth

COORDENAÇÃO EDITORIAL E CAPA
Daniel Viana

ASSISTENTE EDITORIAL
Joelma Santos

REVISÃO
Ana Clara Werneck; Joelma Santos

Este livro segue as novas regras
do Acordo Ortográfico da Língua Portuguesa.

DADOS INTERNACIONAIS DE CATALOGAÇÃO NA PUBLICAÇÃO (CIP)
(CÂMARA BRASILEIRA DO LIVRO, SP, BRASIL)

Machado, Taiana
7 notas surdas / Taiana Machado. -- Rio de Janeiro : Pallas Editora, 2025.

ISBN 978-65-5602-141-6

1. Poesia brasileira I. Título.

24-225952 CDD-B869.1

Índices para catálogo sistemático:
1. Poesia : Literatura brasileira B869.1
Cibele Maria Dias - Bibliotecária - CRB-8/9427

PALLAS

PALLAS EDITORA E DISTRIBUIDORA LTDA.
Rua Frederico de Albuquerque, 56 — Higienópolis
CEP: 21050-840 — Rio de Janeiro — RJ
Tel.: 21 2270-0186
www.pallaseditora.com.br | pallas@pallaseditora.com.br

Em criança [um lugar que costumo visitar]
escrevi um livro de poesia.
Era um livro a quatro mãos.
Escrevia eu e a Regina com os nossos nove anos.

O combinado era ler e tecer críticas
sobre a escrita uma da outra,
e também produzir mais algumas novas poesias.
Era assim.

Nunca publicamos o livro.
Nem sei por onde anda a Regina.

Mas achei anotado o compromisso poético da infância:
vencer o cansaço
para ler
e escrever poesia

Dedico este livro àqueles que,
mesmo exaustos, anotam suas poesias.

Espero que a Regina, dia desses, me diga o que achou.

Sumário

Gosto de viajar por palavras do que de trem.

Manoel de Barros

[nota da autora]

são 7 as notas musicais de uma escala diatônica.
são 12 as notas musicais de uma escala cromática.
são muitas as notas e apontamentos e multiplicam-se
os lembretes para não esquecer tudo aquilo que é
absolutamente dispensável e banal.
há sempre uma nota de rodapé com informações
relevantes relegadas ao fim da página.
este livro é uma sinfonia musical — e poética — feita
das coisas que guardei embaixo da cama ou naquele
cantinho do escritório onde acumulo os papéis.
recomendo ler e ouvir.
não necessariamente nessa ordem.
aliás, é extremamente recomendada a desordem na
apreciação das notas aqui registradas.

nota I

Ficar devidamente calado
requer anos de prática.
Mia Couto

ouvir

o que

não digo

vermelho amargo

não moro bem dentro do meu corpo,
daí, acreditar em alma de outro mundo.
Bartolomeu Campos de Queirós

hoje meu corpo pediu
nem sempre meu corpo pede

mas hoje obedeço
hoje ele sangra
corpo que sangra
costuma saber de coisas

que eu mal sei

acorde de minuto

aconitum é uma violenta tempestade
que passa depressa.
Julio Cortázar

viver
anda
a dar
vertigens

e alguma cólica

sinfonia

Silencie a dor e faz dela uma sinfonia calada.
Ceumar

às vezes.
fazer silêncio.
é um bocado chato.

às vezes.
é menos chato que falar com paredes.

às vezes.
fazer.
silêncio.

fazer.
tantas.
vezes.

ais.

pausa mínima

no meu corpo
há silêncios sinuosos
que suas mãos calejadas
não cultivam

    suas mãos sabem arar a terra
    colher o fruto fêmea
    admirar
    e curtir o couro manga
    que escorre das árvores do pátio

        filho da folha
        quando as plantas pedem
        suas mãos abrem clareiras

mas os silêncios do meu corpo
não brotam nas capoeiras
eles dão em matas escuras
entre ervas de cura
    e aquelas daninhas

são trepadeiras
ora videiras-rubras
ora figueiras-mata-pau
por vezes abundam

em rosa
choque
por vezes sufocam
outras naturezas

e não há como saber
em absoluto
a botânica classificação dos meus silêncios

resta tocar a terra-corpo-quente
sentir as curvas da respiração
as febres
e arriscar colher um silêncio
cultivado no antigamente

suas mãos calejadas
não sabem cultivar
meus silêncios sinuosos

ainda

hologram 3025

para ouvir "Cidade oculta",
de Arrigo Barnabé

quando criança
sonhava viajar a cidade
fotografando suas ruínas
aquele prédio morto que ninguém vê
aquele prédio se decompondo dia após dia
mas sempre presente

pra mostrar o que rói
no coração da cidade

suas artérias entupidas

também tenho minhas ruínas
pensa a autômata

por trás do sorriso
da simpatia
e do bom humor
é que elas vivem
minhas ruínas mórbidas

minhas ilhas de solidão e medo
meus vícios
obsessões
meus maus cheiros

a androide respira fundo e repousa a caneca pesada sobre a mesa

sou minhas ruínas
que ninguém vê
e sonho desde criança

fotografá-las e exibi-las
em exposição
num salão nobre
de um palácio vitoriano qualquer

e canta

endereço

para ouvir "Lupicínica" na voz de
Aldir Blanc

você pode estranhar esse começo
mas eu te conheço do avesso
sou eu que reconheço
teu endereço
    no reflexo
        do retrovisor
            de um carro
                que por acaso
                me trouxe novamente
                até você

você pode estranhar esse enredo
essa ladainha
de desdizer o que não te disse
e o que pensou em dizer de mim pra você

mas sou eu que espero as horas passarem
ouvindo o dedilhar do teu estribilho
na tela sombria do meu celular

        e quando a noite espia
a janela do quarto
e a cama vazia

sou eu que me refugio
nos vídeos
        discos
                e datas
que gravaram memórias ingratas
de um tempo infeliz
que desperdicei
        te amando demais

scrolling

para ouvir "O que é bonito?",
de Bráulio Tavares e Lenine

identidades congeladas
traduzidas em um átimo

e quinze caracteres

início
meio
fim
curtidas
curtições

mais
like like
mais like
like mais like mais
mas...

eu gosto é do inacabado
do entredito

sei mais das incertezas
e das inseguranças

é nelas que deito
e rolo

nota II

Medir o tempo é uma coisa,
sentir seu peso é outra ciência.
Mário Lúcio Sousa

a página em branco
é um convite

ao abismo

subjuntivo

pedalei
        pedalei
                pedalei
                até esbarrar em você
                                na Urca

não era bem um esbarrão
foi mais um desencontro

também não era bem você
foi mais uma lembrança tua
me dizendo que
        a Urca pra ti
                era especial

talvez não fosse bem uma bicicleta
mas o ato mecânico de caminhar sem rumo
buscando um não-sei-quê
        que preencha
                o pote

talvez não fosse bem a Urca
pode ter sido a Lagoa
                        a Tijuca

Botafogo
talvez o Largo do Machado
o tempo corre
minha memória anda tão ruim
mas talvez

tivesse sido

ócio

ao amigo João Santos

da minha rede
gosto de ver o dia amadurecer
        que nem manga no pé

primeiro o vermelho cobre as margens do dia
e vem tomando tudo
até explodir em cor suculenta

preguiçosa-a-mente lembra da fala de um amigo:
            a culpa do proletário
            essa culpa que diz que
                trabalhador que é trabalhador
                                trabalha
mania da gente que incessante-a-mente maquina!
incomodada investi na lista de desplanos

            desplanejo morrer antes dos 40
            de enfarto ou cirrose
                        por remédios
                    jamais padecer de overdose
                    piscar os olhos e perceber
                    que o filho que ainda não tive

cresceu
desplanejo esquecer a fala dos meus filmes prediletos
ou o cheiro de brisa do dia em que beijei
meu primeiro namorado
deixar de olhar pr'esse céu estrelado
pedindo licença às 7 faces do poeta
e exclamar: *êta vida besta, meu deus!*

e assim
ociosa-a-mente se deixa levar pelo balançar da rede
e entra em dormência de cochilo
aguardando que
    amanhã
        a manga
            caia
                do pé

angelus novus

Seus olhos estão escancarados,
sua boca dilatada, suas asas abertas.
O anjo da história deve ter esse aspecto.
Walter Benjamin

colonizaram afetos
plantaram o descompasso
do progresso
que lustra
a polidez fria

o aço
corrói os dias
e nos mantém
distantes
um dos outros
distantes
educadamente
distantes

o suficiente pra dizer
    vou bem
    obrigada

como vai o bebê
e o trabalho

qualquer intimidade apavora
porque já invadida
porque já explorada
porque plantaram
a chaga de
corpos dóceis

corpos de luto
jogados nas vagas

atrás de mim
mora um anjo
que de asas
[pretas]
abertas
olha para a minha
[nossa]
história
e sopra
seu hálito milenar

oxalá
seja aroma
hortelã

pretérito mais-que-imperfeito

para ouvir "Valsa brasileira",
de Chico Buarque e Edu Lobo

eu te esperava
 e nem te conhecia

soube que você chegaria
pelos jornais
 eu soube

e quando soube
 já te conhecia

foi quando não te conheci
que me apaixonei
pelas palavras
que você sequer tinha dito pra mim

foi antes de te conhecer
que eu lembrei que você existia
e quando lembrei
soube que me apaixonaria
e falei dos gêmeos

os gêmeos não nasceram
porque ainda não nos conhecemos
mas eu soube
quando você chegou
    que você havia partido
como também sei
que você só virá novamente
quando já

eu não estiver aqui
porque você chegou no dia em que eu morri

e eu morri
no parto
dos gêmeos que sequer tivemos

ponto partido

O João Cândido bordava da prisão, Luca!
Nosso Almirante Negro fez esses bordados aí!
Você fazia ideia disso!?

dezembro de 21

enquanto bordo
imagino os versos
que você jamais escreveu

no instante em que eu descansasse os olhos
dos fios
vislumbraria
o trio:
mão-caderno-lápis
descortinando o delicado trabalho

fios de cabelo
desgrenhados
brancos
um pouco de vento

sorriso cúmplice
olhar varanda larga

a linha solta
que atravessa o frio

o horizonte
quente
o bastidor
e seu verso

amo-te e
tudo é calmaria

até que o nó
de repente o nó
se prende ao bem estruturado
tecido intranspassável
intransponível
intransitivo

terei que começar de novo

desperto do desvario

e no ato de pegar a tesoura
só então perceberia

a mão que arrebenta a linha
é a mesma
que borda a poesia

noturno

Na humana ideia de um deus que não conheço
A ti, morte, minha irmã
Te vejo
Hilda Hilst

curva
linha
labirinto

microvilosidades de mim
que me afogam
no que absorvo
daquilo que vem de fora

dia
sim
dia
não
trans
borda

ponho o choro em dia
e lembro

que nus
e sós
chegamos ao mundo

e que é também assim
que ancoramos
todos os dias

depois
partimos

adeus
obrigado
disponha

nota III

o ridículo é generoso

psiquê

E vê que ele mesmo era
a Princesa que dormia.
Fernando Pessoa

é noite
secretamente
te busco

língua fresca
figura morna
de ser
transparências
que outrora reconheci

nas noites que percorro
todas as palavras engasgam

sotaque macio
jeito de troçar meus
desvarios

coruja insone
atravesso
a noite

brincando com
a opulenta falta

me surpreendo com um riso
risada
gargalo
gargalhada

e por vingança
repito
[em voz alta]

a falta maior
é da versão que fui
através de ti

dia a dia

para ouvir "Cotidiano",
de Chico Buarque

toda manhã
            o rito

o despertador que toca
pequena
você se enrosca em meu dorso

eu que abraço
você que amacia
eu que beijo
você que lambe
            áspera

e antes mesmo do segundo sinal do relógio
você me atravessa
e já espalhada sobre mim

vocifera
            contra
      o pote de ração vazio

toda manhã
o rito

o ronronar da gata
amanhece mais um dia

naufrágio

Este inferno de amar – como eu amo! –
Quem mo pôs aqui n'alma... quem foi?
Almeida Garrett

me ocorreu perguntar
se gosta
 das valsas lentas

 qual mariposa em torno da luz
 há qualquer coisa que atrai poetas
 distraídos
 às valsas lentas

talvez a sensação do andar manco
do compasso ternário
em busca
tântrica
dos três tempos

talvez a santa valsa
em santíssima
trindade
no bailar torto
contrário ao vento

talvez a delicadeza mórbida
de um barco português
afundando lentamente

em cena
a orquestra toca
o danúbio azul

nota IV

a memória da pedra

é o rio

Iroko, a árvore do tempo

as coisas têm o tempo das coisas
e as pedras têm o tempo das pedras
provérbio conhecido por passarinhos

passeio o dia provando pedras

sentava
levantava
e cada uma trazia um outro
peso de sentir o rio

textura morna
lodo
muitos e variados sulcos

foi nessa altura
que um beija-flor-rajado
me soprou um provérbio antigo
no fim da tarde
para as pedras
li os poemas de uma admirável senhora
da Huíla, de Angola

à noite
na hora da morte
sonhei que era também eu
pedra do rio
a ouvir poesia

Kalahari

O mundo é um espaço vazio semeado de sopros
onde a grande sede se instalou.
Ana Paula Tavares

sentia sede
era noite de deserto
quando pariu

sua primeira filha fêmea
com dez anos
espevitada e de olhos brilhantes
disse:
desejo desajeitado

sua segunda filha fêmea
com dezesseis
e dores bipartidas da idade
disse:
burguesa de merda

foi a terceira filha fêmea
mulher de trinta
que fez amor com a língua
e tomou suas irmãs nos braços

matou suas sedes com saliva
e disse:

ama o sopro
e voa

noite de vento

para ouvir a canção "Vento bravo",
de Edu Lobo

se te falasse do vento
talvez dissesse dos desejos
dos feitiços
entreditos
da roda de samsara
dos destinos

se te falasse dos ventos
dos ventos diria
                ahhhh
                        pssss
                                shiu
se te falasse das rondas
        caminhos
        partidas

se te falasse dos ventos
talvez dissesse das perdas
das conquistas
expedições
domínios territoriais

das lutas por terras que sempre
[e nunca]
tiveram dono
mas que o vento beijava

se te falasse dos ventos
talvez dissesse do frescor de almas
        que já não há
da brisa que o mar
        deixou de trazer
do sopro
        que esmoreceu quase antes de ser

se te falasse dos ventos
talvez dissesse das
mil e uma contradições
que navegam em mim
e que começaram
no dia em que as nuvens
trovejaram
fragmentos do meu corpo

e quando os ventos arrastaram as nuvens
todas elas carregadas
foram os pedaços meus
que beijaram o chão
terra molhada

estilhaços
vindos
de tantos outros novos mundos
que o vento soprou

eu me coleciono

sempre levamos em nós certa quantidade
de pessoas que não se confundem.
Maurice Halbwachs

quando criança
dormíamos no chão
eu — minha mãe — meu irmão

o quarto
pequeno pra quatro
na casa
pequena pra seis

boa noite
    bons sonhos
        durma bem

        e eu [ainda] sonhava
        no subúrbio
        esquecido no porão
        nós três
        dormíamos no chão

o mano no braço esquerdo
eu no braço direito
ouvir histórias
à cama dar
o sono que vem

uma noite
lembro bem
no instante entre estar acordada e dormir
a pergunta veio
à queima-roupa

mãe, morrer é deixar de existir?

a mãe
entre o constrangimento e a impaciência
pra impertinência
do relógio da pergunta
disse então que o corpo ia
mas ficavam
as lembranças e as memórias
daqueles que contigo compartilharam os dias

foi mais ou menos por essa idade
que tomei verdadeira obsessão
por colecionar papel

programas
ingressos
jornais
passei a guardar os desenhos que fazia
com medo que o tempo levasse e o esquecimento
esvaziasse aquilo que o corpo vivia

        jogar papel fora
        virou assim
        uma forma branda de suicídio

foi quando dormíamos no chão
eu — minha mãe — meu irmão
que descobri
que fazer arte
    é um jeito de imortalidade

casa de espelhos

Eu não tinha este rosto de hoje,
assim calmo, assim triste, assim magro.
Cecília Meireles

ontem em casa
[espaço arisco que aprendi a chamar de lar]
    me olhei no espelho

        vi rachaduras

não daquelas que contam a passagem do tempo
mas crateras de erosão

marcas da terra vermelha e cansada
que habita

    meu rosto

margem

eu vi a palavra fronteira,
tinha endurecido em muro alto e arame farpado
Ana Paula Tavares

a mim o rio devota
    sua forma

se lhe chamam
    sinuoso
sou eu que o desenho
em curvas e flexão

se lhe chamam
    caudaloso
sou eu quem aturo sua fúria
e a contenho

é sobre mim que o rio transborda
é sobre mim que ele despeja
a violência das águas

no meu seio
encontram-se água
            e terra

nesse encontro
ofereço
        o deleite
de ser

sou fronteira
tribunal que decide aquilo que fica na margem
e aquele que segue correndo

e ainda sou uma mulher
e minha voz
também está dobrada sobre a dor dos sem-leito

no entanto
eram plácidas as margens
[diz o hino]
margens que ouviram
calmas
o brado
        retumbante

                    se lhe chamam rio
                        apagam-se
                        as margens

abriu a boca do peixe e viu
um alienígena de olhos azuis

Montados sobre as vacas
Meu duplo e eu.
E guarda-sóis de fogo
E um sol de fráguas.
Mas cérebro em cascos
No breu.
Hilda Hilst

me empanturro
do alheio
me perco no excesso do outro

mensagens externas
(co)fundam
e cansam
as minhas bordas

sirvo sabores que não sei se gosto
mas acho [sem certeza] que sim
me perco de mim
sem adivinhar que não são minhas
as papilas gustativas

o duplo

tal qual peixe-comedor-de-língua
    me entra pelos brônquios
    e passa a decidir
    os gostos que me chegam ao cérebro
    a cada colherada
    que levo à boca
    sinto um amargo gosto de sangue

nota V

tomar
doses de horizonte
duas vezes
ao dia

alfaiataria [um conto-poesia]

Nossa mãe, esse vestido
tanta renda, esse segredo!
Carlos Drummond de Andrade

meus dias andavam precisados de ajustes:

sabe quando aquele dia
já não te satisfaz o caimento?
quando o cós da manhã lhe aperta muito?
ou quando lhe folga a cintura da tarde?

o fato é que meus dias já não me modelavam
e eu sabia que devia
tomar medidas

posto foi que passei em frente a uma alfaiataria onde
lia-se:

faço fechos e bainhas

ali mesmo me decidi
subi a escada em passo firme
abri a porta

lá estava uma Dona bem-vestida
em cabelos brancos e olhar sereno

sem muitos rodeios investi:

preciso que a senhora me ajuste os dias!

a Dona me olhou de banda
tragou o cigarro que enevoava todo o ambiente
e com ar de esfinge proclamou

Menina moça, ajustar dias não é coisa simples de fazer! Há que se costurar as manhãs em pontos bem dados pra que não se escapem em vontades. As tardes é preciso coser em nós de fita para que não se fiquem largas demais. E as noites demandam fuxicos bem-feitos, para guardar os desejos no peito sem que se dispersem em mexericos.

em tom suplicante insisti

Ai, Dona, é que estou tão precisada de fechos e bainhas nos ajustes dos meus dias, que lhe ofereço qualquer valor em troca desse serviço.

Menina moça, um trabalho desse feitio não se pode pagar em cheque, cash ou cartão. Trabalho de prender estrela na saia paga-se em palavra bonita: prosa ou poesia.

trato feito e acertado
para pagar os serviços tão cuidados pela Dona,
nas palavras desse canto
[carregando no peito os dias bem ajustados]
remonto em detalhes
essa minha fantasia.

sommelier

No entanto foi o inferno
o primeiro território a assinar
o novo acordo ortográfico
Luca Argel

dia desses eu vou fazer um dicionário que abrigue o sabor
das palavras
[ou seria então um livro de receitas?]
cada palavra que provo tem seu gosto

a minha língua
brasileira
é muito apetitosa

quando digo a palavra
poesia

me cubro em gosto de infância que dá um aperto no peito
mas às vezes essa mesma palavra tem gosto de segredo
de coisa que se adivinha

tem aquelas de fazer borbulha na boca
como a palavra
nuvem

que dá vontade de lamber o céu

[aliás...
esse é verbo transitivo
que desperta certo erotismo]

tem umas palavras azedas
sacrilégio
eu nem sei bem o que é
mas arde igual corte fino de papel no dedo

eu gosto muito de provar
palavras emprestadas
quando provei
mambo
não saiu mais da boca
se calhar
tem retrogosto de madeira
maningue
tem jeito mole de escorrer e
oxe
é feito de sabor suculento

já me ocorreu deixar de sentir sabores
saudade
é um gosto que não me pertence mais

[acho que perdi o paladar da vez que fiquei doente]
amizade
é uma palavra que amargou
e mágoa
avinagrou com o tempo

amanhã vou perguntar se o menino poeta
quer vir jantar aqui em casa
quem sabe ele rega o paladar
e me ensina a sentir o gosto de novas palavras

num ato de manga e amor

eu prefiro a palavra manga
*à palavra alegria.**
João Cabral de Melo Neto

na sexta passada me bateu uma felicidade
não dessas que dão nos desbundes da euforia
[não sou desses requintes]
mas daquelas que nascem
    da palavra pão
    da palavra bolo
    da palavra sal

daquelas que te esbarram ao admirar
a maritaca descansando
na antena do prédio da frente
uma felicidade que assegura
    que poesia
é palavra que dá

---

* Eu juro de pé junto que assisti mesmo na internet à entrevista em que o poeta engenheiro dizia essa frase. Mas a rede é fluida e as ondas da web já levaram o vídeo. Porém, a encontrei nos *Ossos do Ofídio*, do senhor Freire, não o Paulo, o Marcelino. E lá em artigo de 6 de junho de 2011 da *Palavra do Escritor* descobri que o senhor autor também assistiu a essa mesma entrevista que eu! Pronto. Então fica aqui dedicada esta poesia ao senhor Marcelino Freire e às suas astutas notas de *Ossos do Ofídio*, que me rederam a única nota de rodapé do presente livro.

no poste
no beiral do prédio
no meio-fio da rua

nota VI

Para ouvir
"Toda vez que eu dou um passo o mundo sai do lugar",
de Siba

não sei se o mundo cabe na mão
mas anda do tamanho
do meu abraço

estrangeiro

para ouvir "Um gosto de sol",
de Lô Borges e Milton Nascimento

assisti o riso correndo frouxo

enquanto ruminava a pera fresca
esquecia de mim
solene
em meu habitat
sobrenatural

quereres

Para ouvir "O quereres",
de Caetano Veloso

eu queria descanso
eu queria um abraço
eu queria sossego
eu queria um despacho

dedicatória

Um corpo quer outro corpo.
Uma alma quer outra alma e seu corpo.
Este excesso de realidade me confunde.
Adélia Prado

e se te dissesse que me encontrei dentro deste livro?
e se eu te dissesse que te encontrei também aqui?

não posso dizer que encontrei a gente
porque isso
não existe no mundo
só nos delírios
[os meus
mas talvez algum seu]

às vezes
        quase todas
os livros são pontes
algumas pontes nos ligam de si para si
                mas nunca nos deixam no mesmo lugar

este é um livro meu
porque todo livro lido
                aterra em mim

te empresto o meu livro
pra que procures a ponte em ti
do outro lado

e te deixo com conchas e seixos dos rios
nos quais mergulhei

com carinhos,
sua sempre
Beta

P.S.: ceci n'est pas une lettre d'amour
[lembro Magritte]
porque se assim o fosse
não a escreveria em folhas de rascunho
e todo mundo sabe que só os sentimentos verdadeiros
são escritos em folhas de rascunho

nota VII

depois de recitar
a poesia
em voz alta

se ergueu
e foi à feira
resgatar a palavra pêssego

[agradecimentos]

Uma composição de muitas notas e harmonias.

Agradeço a todos os eguns que me contam suas histórias e aos tantos mestres (de música e poesia) que antes de mim vieram e que, por aqui, estão tecendo as notas do que, por aí, costumam chamar de agora.

Ofereço e agradeço.

FONTES Freight Text Pro e Alverata Irregular
PAPEL pólen bold 90g/m²
IMPRESSÃO Gráfica Assahí, julho de 2025
1ª edição